Volker Germann

Schönen Gruß vom Chef der Welt

EDITION
COPRINT

Für meine Freunde,
die mir immer wieder Mut gemacht
haben, so zu sein, wie ich denke:
Unbequem.

2. Auflage 1990

Umschlag: Agentur litera
Druck: Breklumer Druckerei Manfred Siegel KG
ISBN 3-417-28053-2

Vorwort

Schönen Gruß!

Kennen Sie doch –
von Freunden aus Mallorca
oder Onkel Franz aus dem Schwarzwald.

Aber vom Chef der Welt?

Etwas ungewöhnlich, –
vielleicht auch etwas unangenehm.

Denn
wer will denn heute noch
etwas mit diesem »Chef« zu tun haben?

Wie die Antwort darauf auch aussehen mag –
Tatsache ist,
daß **er** es
immer noch mit uns zu tun haben will.
Er macht sich große Sorgen um uns.

Gott sei Dank!

Deshalb:
Schönen Gruß!
Der Chef der Welt meldet sich zu Wort.

Volker Germann

Hallo!

Kennen Sie Herrn G.?

Bestimmt.
Sicher ist er Ihnen schon öfters begegnet.
Und vielleicht haben Sie sogar schon mal ein paar Worte miteinander gewechselt.

Mit Sicherheit aber kennt Herr G. Sie!

Er verfügt über eine hervorragende
Menschenkenntnis.

Das ist sozusagen sein Beruf.
Eine Mischung aus Sozialpädagoge und Psychologe – also – im eigentlichen Sinne – meine ich.

Er ist sehr einfühlsam und verständnisvoll.
Außerdem kann er sehr gut zuhören.

Es gibt wohl kein Problem, das bei ihm nicht am besten aufgehoben wäre.

Schade nur, daß die wenigsten etwas mit ihm zu tun haben wollen, obwohl sie gerade so jemanden wie ihn dringend brauchen.

Schade auch, daß viele ihn für altmodisch und
verknöchert halten.

Und manche trauen ihm gar nichts zu, und andere
behaupten einfach, er würde für sie gar
nicht existieren.

Nur gut,
daß Herr G. sich dadurch nicht beirren läßt.

Er ist sehr geduldig, – manchmal wohl auch traurig.

Aber er gibt niemals auf,
die Menschen zu lieben.
Das ist eben Herr G.

Irgendwie kommt er Ihnen bekannt vor?
Gut möglich.
Mit bürgerlichem Namen heißt er G O T T ,–
Herr Gott.

Stillgelegt

Der Betrieb
war einfach nicht mehr rentabel.
Die Kosten liefen davon.
Mit Gewinn war nicht mehr zu rechnen.
Die Forderungen waren nicht mehr einzutreiben
und die Verbindlichkeiten nicht aufzubringen.
Der letzte Schritt lag eigentlich nahe:

Das Vergleichsverfahren wurde eröffnet und
die Betroffenen gebeten,
ihre Ansprüche geltend zu machen.

Doch kein Gläubiger erschien.
Was eigentlich niemanden ernstlich verwunderte.
Bis auf die Durchführung einiger Trauungen und
Grabreden wurden keinerlei Ansprüche mehr
gestellt.

Also machte man die Kirchen dicht.
Der Betrieb
wurde stillgelegt.
Doch selbst das fiel keinem mehr auf.

Der Eigentümer, Herr G., zog sich zurück.

Sein Sohn hatte vergeblich investiert.

Keiner

Er war nur kurz da, – zu Besuch, sozusagen.
Und er war erstaunt über das, was er sah.

Den Menschen hier ging es gut – sehr gut sogar:
kaum einer,
der nicht ein Auto gehabt hätte,
kaum einer,
der nicht ein paar Hobbies nachgehen konnte,
kaum einer,
der nicht etwas auf der »hohen Kante« hatte,
kaum einer,
der sich nicht zweimal im Jahr Urlaub leistete.
Fast wäre er geblieben, – aber auch nur fast!

Denn da war auch
kaum einer,
der etwas für die Erhaltung der Natur tat,
kaum einer,
der »Nächstenliebe« mit zu seinen Hobbies
zählte,
kaum einer,
der ohne »Spendenquittung« etwas gab,
kaum einer,
der sich noch um Gott kümmerte.
Aber auch dann
wäre er noch geblieben,
wenn nicht, – ja wenn nicht
die Parole an der Wand gewesen wäre.
Die mit den Hakenkreuzen rundherum.
Da ging er.

Denn da war
kaum einer, der ernsthaft etwas dagegen tat.
Und das traf gerade ihn besonders.
Denn er war Jude.
So schnell würde e r nicht wiederkommen.

Up to date

»Tja, das muß man heute doch sein.
Nicht wahr? Sozusagen auf der Höhe der Zeit. So heißt das ja.

Also, – ich meine, schließlich machen da doch alle mit. In-Sein heißt die Devise. Und wer da nicht mitzieht, der ist eben out. Und wer kann sich das schon leisten, wenn er sich was leisten will? Äh, – meinen Sie doch auch – oder?

Immerhin – die Zeit diktiert doch das Tempo. Und man sieht doch überall, was passiert, wenn man sich gegen den Strom stellt. Stimmt doch – nicht wahr?
Eben. Und wie man da doch angeguckt wird. Nein, nicht nur bei der Mode. Auch bei den Ansichten und so. Von wegen Moral undsoweiter. Kann man ja heute nicht mehr so bringen.

Sicher, – ab und zu Gewissensbisse muß man da schon in Kauf nehmen. Aber das ist eben der Preis. Und umsonst ist ja heute nix. Oder? Man muß schon was tun, um was vom Leben zu haben. Falsche Rücksicht bringt einen da nicht weiter. Stimmt doch – oder etwa nicht? Na also!

Kurz und bündig: »Wer was vom Leben haben will, muß up to date sein.«

»Wer sein Leben erhalten will, der wird es verlieren; wer aber sein Leben verliert um meinetwillen, der wird's erhalten. Denn was nützt es dem Menschen, wenn er die ganze Welt gewinnt, aber dabei sich selbst verliert oder zugrunde richtet?«
Kurz und bündig. So sagt es Jesus. In der Bibel. Kann man nachlesen in Lukas 9.

Stop! Beinahe hätte ich es vergessen. Die Bibel ist ja gar nicht up to date. – Oder vielleicht doch?

Zu viel

Statistisch gesehen zahlen wir viel.

800,-- DM fallen pro Bundesbürger im Jahr an für Rüstungsausgaben.
Nun, – das muß wohl sein. Sicherheit hat Vorrang.

400,-- DM im Jahr sind es an Arbeitslosengeld.
Also, – das ist das Opfer, das man in unserer Wohlstandsgesellschaft auf sich nehmen muß.

100,-- DM entfallen auf jeden allein für Kalkar.
Na ja, – unser Fortschritt muß gewahrt bleiben. Und außerdem: Wer sitzt schon gerne im Dunkeln?

30,-- DM kosten jeden Deutschen diese Asylanten. Tja, – und genau das ist der Tropfen, der das Faß zum Überlaufen bringt. Also, – wir sind ja schon großzügig. Wir verurteilen auch Südafrika und so. Doch was zu viel ist, ist einfach zu viel. Das geht ins Geld.

Etwas genauer besehen zahlte Herr G. auch sehr viel.

Damals. Es ist schon eine Weile her.

Ein Menschenleben für das Leben a l l e r Menschen.

Für die, die mit 30,-- DM ins statistische Gewicht fallen und
für die, die sich über 800,-- DM nicht (mehr) entsetzen.

Gut, daß es ihm nicht zu viel war.

Freispruch

Für ihn als Juristen war der Fall eindeutig:
Die Angeklagte war zwar nicht geständig,
ihre Schuld jedoch aufgrund verschiedener
Indizien zweifelsfrei erwiesen.

Wegen der sorgfältigen Aufklärung der Tathergänge,
zu ihnen gehörten unter anderem
Umweltdelikte, Hochstapelei in
Tateinheit mit Verleumdung,
Ehebruch, Mord und Totschlag, –
dauerte der Prozess schon ziemlich lange.

Er endete mit einem
sensationellen Freispruch der Beklagten.
Dieses in der Prozessgeschichte nahezu einmalige
Urteil war nicht zuletzt auf das herausragende
Engagement des Verteidigers
(übrigens ein naher Verwandter des Richters)
zurückzuführen.

Die Angeklagte jedoch,
bekannt auch unter dem Beinamen »Menschheit«,
nahm den Freispruch
nicht an.
Statt dessen bevorzugte sie
den Tod
auf Raten.

Betrug

Sein Leben begann mit einem Betrug:
Nämlich dem seiner Eltern und Paten.
Sie betrogen ihn um die Erziehung,
die sie bei der Taufe versprochen hatten.
Er lebte,
begleitet von kleinen und großen
Betrüge(r)n.

Bei der Konfirmation,
bei der Trauung,
bei der Taufe seiner Kinder.

Aber das ging ja noch.

Bei den jährlichen Heiligabendgottesdiensten,
bei der Beerdigung seiner Eltern und schließlich
bei den Kaffeefahrten des Seniorenclubs seiner
Kirchengemeinde.

Aber auch das ging noch.

Sein Leben endete
wie so manches andere auch:
Nämlich mit der Vorstellung,
jetzt sei sowieso alles vorbei.

Das aber war der schlimmste Betrug:
S E L B S T B E T R U G.

Anstand

Istanbul: 23 betende Juden werden von Terrorkommando brutal ermordet.

Karatschi: 16 Menschen kommen um, als die Entführer des Jumbos wahllos auf die Passagiere schießen.

Bild meint: »Anständige Menschen in aller Welt sind entsetzt.«

A n s t ä n d i g e M e n s c h e n ?

Bleibt nur die Frage: welcher Anstand?
Anstand, der Millionen verhungern läßt?
Anstand, der »Türken raus!« ruft?
Anstand, der Kinder mißhandelt?
Anstand, der als Dessert Katastrophenberichte genießt?
Anstand, der Afghanistan »befreit«?
Anstand, der die Contras finanziert?
Anstand, der Ghettos harmlos »Heimat« nennt?
Anstand, der das »Restrisiko« für erträglich hält?
Anstand, der von »Spenden« lebt?
Anstand, der die Alten abschiebt?
Anstand, der nur für sich selbst da ist?

»Anständige Menschen in aller Welt sind entsetzt«.
Und wann entsetzen wir uns darüber,

- daß der Terror Spiegelbild unserer Art von Anstand ist?
- daß nicht zuerst die anderen, sondern wir selbst uns ändern müssen?
- daß es nur einen gibt, der uns und die andern verändern kann?

G O T T
vergebe uns
unseren »Anstand«!

Wahr und unwahr

Wahr ist,
daß der Generalsekretär einer
christlichen Partei
die Meinung vertritt, die Kirche solle sich
statt um »vorletzte Dinge wie Formaldehyd,
Pershing II und Nicaragua«
lieber um die »letzten Dinge, um Gott und
das Leben nach dem Tode« kümmern.

Unwahr ist hingegen,
daß Gott
sich durch diese Meinung
aus der Fassung bringen läßt,
und sich von nun an nicht mehr
um »vorletzte Dinge« wie Asylantenprobleme,
Cattenom und Südafrika,
sowie um »vorletzte« Personen
wie Generalsekretäre christlicher Parteien
und Politiker aller Fraktionen
mit ähnlich »denk-würdiger« Meinung
große Sorgen macht.

Gott sei Dank.

Konkurs

Das Stammunternehmen in Westeuropa
meldete Konkurs an.
Während in der gesamten
westlichen Welt Unternehmen
aller Art einen nie gekannten
Aufschwung erlebten,
mußten sich die Manager der Firma
eingestehen,
daß aufgrund mangelnder Nachfrage
nach Produkten des Hauses,
eine Weiterführung des Betriebes
nicht mehr zu gewährleisten sei.

Betriebsanalytiker gaben für die Misere
unter anderem folgende Gründe an:

- Innerbetriebliche Auseinandersetzungen
- Mangelnde Kommunikation zwischen den Filialen
- Zu viele Immobilien
- Mangelnde Präsenz der Führungsetage
- Zu starke Konzentration des Chefs und seines Sohnes auf das unattraktive Geschäft in der 3. Welt
- Der Stellvertreter in Rom sei zu oft unterwegs.

Doch
den eigentlichen Grund wollte man,
wie schon so oft,
nicht wahr haben:
Der Bedarf war gedeckt.
Wer brauchte in der 1. Welt noch Gott?

Ratlos

Er war wieder da.
Vieles hatte sich verändert in der langen Zeit
seiner Abwesenheit.

Die Reaktionen auf ihn waren unterschiedlich:
- Einige waren überrascht.
- Viele waren schockiert.
- Aber noch mehr waren entsetzt.
Daß er das tun würde,- nein, damit hatte man
nicht gerechnet. Nicht jetzt, zu dieser Zeit.

Doch die meisten – mit Abstand –
freuten sich.
Überall in der ganzen Welt:
In La Paz, in Wladiwostok, in Ghana, in Kalkutta,
in Soweto, in Sofia.

Am ratlosesten jedoch – mit Abstand –
waren seine eigenen Leute.
Überall in der ganzen Welt:
In München, in Tokyo, in New York, in Rotter-
dam,
in Nizza, in London.

Er war wieder da.
Vieles hatte sich verändert in der langen Zeit
seiner – nur scheinbaren – Abwesenheit.
Nur eines nicht:
Der Mensch.
Gerade deshalb kam e r wieder.

In Out

in ist	out ist
Selbstverwirklichung	Selbstverleugnung
Selbstbestimmung	Fremdbestimmung
Selbstvertrauen	Gottvertrauen
Selbstbewußtsein	Zweifel
Selbstbedienung	Selbstlosigkeit
Selbstgefälligkeit	Nur Gefälligkeit
Selbstlob	Selbstkritik
Selbstzufriedenheit	Engagement
Selbstverherrlichung	Selbstbeherrschung
Selbsttäuschung	Selbsterkenntnis
Selbstzerstörung	Leben
Selbstmord	Gott

out

knockout

Man sagt

Man sagt: Morgenstund hat Gold im Mund.
Man sagt: Kopf hoch – wird schon wieder.
Man sagt: Sich früh regen bringt Segen.
Man sagt: Na, wie geht's?
Man sagt: Schaffe, schaffe, Häusle baue . . .
Man sagt: Halb so schlimm – haben wir auch schon gehabt.
Man sagt: Ein Unglück kommt selten allein.
Man sagt: Trautes Heim – Glück allein.
Man sagt: Siehste – hab ich dir's nicht gleich gesagt?
Man sagt: Haste was – dann biste was.
Man sagt: Hilf dir selbst, dann hilft dir Gott!

Doch –
was ist, wenn das,
was man so sagt,
gar nicht maßgebend ist?

Wenn das,
was man so sagt,
gar nicht hilft?

Wenn das,
was man so sagt,
nicht zum Leben reicht und
erst recht nicht zum Sterben?

Man sagt: Mach's Beste draus!
Jesus sagt: Ich bin gekommen, damit sie das Leben und alles in Fülle haben sollen (Joh. 10,10).

Mut?

Mutig sind sie.
Die Menschen.
Sie sind zu beneiden.

Denn:

Es gehört schon etwas Mut dazu,
den Problemen der Gegenwart entgegen
zu sehen.
Etwas mehr Mut gehört dazu,
die Probleme auch anzugehen.
Und noch mehr Mut gehört dazu,
sie auch durchzustehen.

Doch:

Am meisten Mut – wirklich, am meisten –
gehört dazu,
zu glauben,
man könnte das auch
ohne Gott
ganz gut schaffen.

Das ist mehr als Mut.
Das ist Über-Mut.

Über-Mutig sind sie,
die Menschen.

Sind sie zu beneiden?

Magie

15 Millionen.
Eine stattliche Zahl.
So viele glauben nämlich.

25 % der deutschen Bevölkerung glaubt
an die Macht.

Nein,- nicht an die Macht irgend eines
höheren Wesens
oder sogar an die Macht Gottes.

Sondern
an die Macht der Magie.

Seltsam,
daß ein Volk an eine Macht glaubt,
die Angst hat vor dem Kreuz.

Also, – ich persönlich bleibe lieber
auf der Seite des Stärkeren.

Wenn da mehrere wären –
womöglich 15 Millionen oder sogar mehr –,
ginge es bei uns
und auf der ganzen Welt
wohl weniger teuflisch zu.

Oder?

Asyl

Neulich.
Es war eigentlich nur so ein Gedanke.
Ob man ihm Asyl gewähren würde?
Wohl kaum.
Immerhin ist er Palästinenser.
Und seine wirtschaftliche Situation –
nun, reden wir nicht darüber.
Nein,- er hätte wohl keine Chance bei uns.
Sicher, das mit der Folter würde ja eigentlich
für ihn sprechen. Schließlich hat er ja genug
mitgemacht.
Doch das zählt ja heute auch nicht mehr.
Wie war das noch:
»Kriminaltechnische Hilfsmittel, die in anderen
Ländern durchaus üblich sind« undsoweiter.
Haben ja recht, die klugen Leute.
Wo kämen wir hin, wenn wir jedem
Dahergelaufenen
Asyl gewähren würden?
Wo kämen wir hin?
Gute Frage.
Wahrscheinlich *ihm* ein Stückchen näher.
Denn nicht er braucht Asyl, einen Zufluchtsort.

Sondern wir.
Bei ihm.
Bei Jesus.
Nur so ein Gedanke.
Ob er uns Asyl gewähren würde?

Heilige Kühe

Gibt es in Indien: in Bombay, in Delhi, in Kalkutta.
Man paßt auf sie auf, läßt sie liegen oder stehen, wo sie gerade sind.
Niemand tut ihnen etwas zuleide.
Das liegt an dem Glauben der Inder.
Und wenn jemand kommt, der aufgeklärt denkt
– zum Beispiel ein Christ –
und sagt: Schafft sie doch ab. Das lindert eure Not!
Wir leben doch nicht mehr in der Steinzeit!
So findet er kein Gehör – vielmehr Protest.
So bleiben sie eben liegen, die heiligen Kühe: gut behütet.

Gibt es in Deutschland: in Hanau, in der Eifel, in Kalkar.
Man paßt gut auf sie auf, läßt sie liegen oder stehen, wo sie gerade sind.
Niemand tut ihnen etwas zuleide.
Das liegt an dem Hochmut der Deutschen.
Und wenn jemand kommt, der etwas weiter denkt
– zum Beispiel ein Christ –
und sagt: Schafft sie doch ab. Das lindert unsere Not!
Wir leben doch nicht mehr in der Steinzeit!
So findet er kein Gehör – außer beim Verfassungsschutz.
So bleiben sie eben stehen, die heiligen Kühe: Gut behütet durch Wachmannschaft und Stacheldraht.

Gibt's in uns drinnen: Als Haß, als Ego, als Neid.
Wir passen sehr gut auf sie auf, lassen sie so, wie sie gerade sind.
Wir tun ihnen nichts zuleide.
Das liegt an unserer Gottlosigkeit.
Und wenn jemand kommt, der viel weiter denkt
– zum Beispiel Christus –
und sagt: Schafft sie doch ab. Ich lindere eure Not!
Kommt zu mir: Alle, die ihr geplagt und beladen seid!
Findet er Gehör?

Streit

Sie hatten sich zerstritten,
die Theologen unserer Tage.

Die eine Partei forderte entschieden,
daß Entscheidungen forciert werden sollten.

Die andere Partei forderte nicht weniger
entschieden,
daß dem Artikulationsbedürfnis der heutigen
Jugend entsprochen werden müsse.

Als e r sich in die Diskussion einschaltete –
allerdings erst zu einem etwas späteren Zeitpunkt –
stellte er ihnen Fragen,
die ihnen irgendwie bekannt vorkamen.

Die einen fragte er,
ob sie denn nicht verstanden hätten, was er
mit »Barmherzigkeit« gemeint hatte.
Die anderen fragte er, ob sie denn noch nichts vom
Artikulationsbedürfnis Gottes gehört hätten.

Er stellte ihnen Fragen.
Aber das geschah – wie gesagt – erst zu einem
etwas späteren Zeitpunkt.

Bis dahin hatten sie aber noch viel, viel Zeit
zu vertun.

Warum?

Herr G. war aufgebracht:

»Wie kann *er* das nur zulassen?"

Immer wieder stellte Herr G. sich diese Frage.
Herr G. war aufgewühlt und enttäuscht.

Es war immer noch das gleiche:

- Hunderttausende gingen drauf
  in Vietnam, im Irak, in Südafrika, in Nicaragua.

  »Hat *er* denn kein Erbarmen?"
- Millionen verhungern
  in der Sahel-Zone, in Indien, in Lateinamerika.

  »Wie kann *er* nur so grausam sein?«
- Die Welt geht doch kaputt
  durch Wettrüsten, Atomkraftwerke, Umweltzerstörung.

  »Hat *er* denn ein Herz aus Stein?«

Immer wieder stellte Herr G. sich diese Fragen.

»Wie kann *er* das nur zulassen?
Er, die Krone der Schöpfung,
der Mensch?«

Stille Nacht

Heiligabend.

Die Kirche gefüllt bis zum allerletzten Platz.
Violinenklang.
Choral der Kantorei.
Lesung der Weihnachtsgeschichte.
Andächtige Stille.

Plötzlich – in der letzten Reihe.
Ein kleines Kind – ein Baby – auf dem Arm
seiner Mutter.
Es fängt an zu schreien.
Böse Blicke.
Getuschel:
»Was will die denn hier?«
»Und erst mal das Kind!«
»Typisch Ausländer. Nehmen ihre Bälger
überall mit hin.«
»Und das an Heiligabend!«

Böse Blicke.
Der Pfarrer bittet höflichst um Ruhe
und bietet der Frau die Sakristei an –
wegen dem Kind und so.

Doch die Frau geht, – das Kind auf dem Arm.
Nein – auch hier war keine Bleibe.
Der Gottesdienst geht weiter.
Doch in diesem Jahr
bleibt der Platz in der Krippe leer.

Die drei Weisen
finden das Kind erst nach längerem Suchen.
Der Stern steht über dem Ostviertel der Stadt,
vom Volksmund »Klein-Istanbul« genannt.

Störfall

. . . in Cattenom.
Nicht unerwähnenswerte Mengen Radioaktivität wurden freigesetzt. Viele demonstrieren.

. . . in Soweto.
Nicht unerwähnenswerte Mengen Schwarzer kamen bei Auseinandersetzungen mit der Polizei ums Leben. Einige boykottieren.

. . . an der Mauer.
Nicht unerwähnenswerte Mengen von Schüssen wurden auf den Flüchtigen abgegeben.
Die Alliierten protestieren.

. . . in Zentralafrika.
Nicht unerwähnenswerte Mengen von Menschen sind bei der Dürreperiode verhungert.
Tausende sind schockiert.

. . . in Überall.
Nicht unerwähnenswerte Mengen von Lieblosigkeit werden freigesetzt.
Nicht unerwähnenswerte Mengen Weißer kommen bei der Wahrung ihres Wohlstands innerlich ums Leben.
Nicht unerwähnenswerte Mengen von Haßgeschossen werden aufeinander abgegeben.
Nicht unerwähnenswerte Mengen von Menschen erfrieren bei der zwischenmenschlichen Kälteperiode.

Niemand demonstriert.
Niemand boykottiert.
Niemand protestiert.
Niemand ist schockiert.

Nur einer.
Gott.
Am Kreuz.

Am Anfang

Der erste Störfall
in der Geschichte der Menschheit
war symptomatisch für alle anderen:

> Zunächst fing alles ganz harmlos an.
> Da war Neugier (rein wissenschaftlich
> natürlich),
> aber auch schon Arroganz und Übermut.
> Denn das Forschungsziel war unheimlich
> verlockend: Mal ganz, ganz oben stehen!
> Dann kam der Erfolg – der scheinbare.
> Doch schon kurz danach
> das nackte Entsetzen.
> Die Verantwortlichen setzten sich schnell ab.
> Nach ihrem Auffinden schoben sie die Schuld
> an dem Vorfall sich gegenseitig zu.
> Schließlich wurden strafrechtliche
> Konsequenzen
> aus diesem Störfall gezogen,
> und allen Beteiligten wurde fristlos gekündigt.

Vom ersten Störfall
in der Geschichte der Menschheit
könnten wir viel lernen,
wenn wir nicht
so furchtbar
fortschrittlich wären.
Denn:
Wer von uns
gibt heute
noch etwas
auf den Störfall von damals
bei Adam und Eva?

Problem

Herr G. machte sich Gedanken:

Eindeutig Problemfall.
War ja auch abzusehen,
bei d e r Entwicklung und d e m Umfeld.
Hoffnungslos – einfach hoffnungslos.
Schlimm genug schon diese Habgier
und der Neid.
Schlimmer noch diese Gehässigkeit.
Am schlimmsten aber die Anfälle von Mordlust.

N e i n , –
hier war nichts mehr zu machen –
Soziologie hin und Psychologie her!
Wahrscheinlich half bei einem derart gelagerten
Problemfall nur noch die Einweisung in eine
geschlossene Anstalt.
Das war allerdings nicht ganz unproblematisch.
Da es nämlich von seiner Sorte mehrere gab
– um nicht zu sagen: v i e l e –
stellte sich die Frage,
wo er sie unterbringen sollte –
alle fünf Milliarden Fälle?

Gott sei Dank
hatte sein Sohn
schon vor einiger Zeit
eine andere
Lösung gefunden.

Wider spruch

»Die Bibel ist voller Widersprüche«

sagt
der moderne Mensch
und hat damit
absolut Recht.

Denn nirgends
auf der ganzen Welt
geschieht
soviel
Unrecht,
Leid und
Zerstörung,
als im Namen
des Fortschritts,
des aufgeklärten Denkens
und des Wohlstands.

Und dem
w i d e r s p r i c h t
die Bibel
in aller
Deutlichkeit.

Aushang

Die Sitzung dauerte schon ziemlich lange.
Im wesentlichen war man sich einig, daß man
ein neues Aushängeschild brauchte.
Nur was drauf stehen sollte, – das war nicht klar.
War auch nicht einfach
bei der Vielfalt der Aktivitäten –
dreimal die Woche offene Tür mit dem Zivi,
regelmäßig Disco für die Jugend,
wöchentlich Yoga für Frauen ab 40,
Mal-, Töpfer-, Tanz- und sonstige Kurse,
Friedensforen und 3.-Welt-Laden.
Um nur die wichtigsten zu nennen,
wobei Gottesdienste, Bibelgespräche,
Hausbesuche und Seelsorge
schon seit geraumer Zeit
vom Programm gestrichen waren.

Am Ende der Diskussion einigte man sich darauf,
das alte Aushängeschild hängen zu lassen.
Nur die Konfession und das Wort
»Kirchengemeinde« sollten gestrichen werden.
Weil das erste sowieso niemanden mehr
interessierte und das zweite gar nicht mehr da war.
Abgesehen davon, war es auch billiger.
Denn Geld hatte man – im Gegensatz zu früher –
auch nicht mehr so viel.
So stand dann schließlich auf dem
Aushängeschild
nur noch: XXXXXXXXXXX XXXXXXXXXXX
Herzlich willkommen!

Diensteifer

Herr G. machte sich Sorgen.

Im Prinzip konnte er ja mit den Mitarbeitern
der Rechtsabteilung seiner Firma zufrieden sein.

Doch irgendwo war der Wurm drin.
Wo genau? – Schwer zu sagen.

Alle waren Fachleute,
kannten jeden Buchstaben des Gesetzes in –
und auswendig,
wußten jede Interpretation und Auslegung,
waren diensteifrig und aufopfernd wie kaum
andere in der Firma.

Nun, –
einige schafften es immer wieder, ihre eigene
Moral als eine Art neues Gesetz darzustellen.

Andere benutzten für Rechtsfragen recht frag-
würdige Sekundärliteratur von nicht weniger
fragwürdigen Verlagen.

Und wiederum andere überschritten regelmäßig
ihre Kompetenzen, indem sie ihm
– dem Chef! – vorschreiben wollten,
wen er rausschmeißen sollte.

Das waren aber alles nur Folgeerscheinungen.

Die eigentliche Ursache dieses Problems
lag schlicht und ergreifend
in der Nichtbeachtung

des § 6,6 Hosea-GB ihrer Dienstanweisung.

Dort heißt es nämlich:
»Ich habe Wohlgefallen an Barmherzigkeit
und nicht am Opfer.«

Am besten rede ich noch einmal mit ihnen darüber –
dachte sich Herr G.

Kritisch

Herr G. sah sich das schon eine ganze Weile an.

Wie sie forschten, überlegten und diskutierten.
An Schulen, in Universitäten und in der Kirche.

Wie sie nachdachten und abwägten,
was man heute überhaupt noch
mit der Bibel anfangen kann.

Historisch-kritisch gesehen
blieb da ja nicht allzu viel übrig,
wenn man die verschiedenen literarischen
Gattungen, Verfasserfragen und Abfassungs-
daten
sowie die unzeitgemäßen Erzählungen von
Schöpfung, Jungfrauengeburt und
Auferstehung
vernünftig und nüchtern
auf ihren Wahrheitsgehalt und ihre
Übertragbarkeit ins Heute hin
abklopfte. –

Wie sie so diskutierten
über Vorbildcharakter und soziologische
Schwerpunkte,
darüber, daß überhaupt alle Religionen
irgendwie . . .
und daß der liebe Gott sowieso . . .

Gerne hätte Herr G.
(immerhin als der Hauptbetroffene)
sich auch einmal Gehör verschafft.
Leider reagierte niemand.
Wen wundert's – dachte sich Herr G.
Immerhin hatten sie ja diese Möglichkeit
schon vor geraumer Zeit ausgeschlossen –
historisch-kritisch gesehen.

Tarif

Die Tarifparteien hatten sich endlich geeinigt.
Das angestrebte Ziel war erreicht.

Die 35-Stunden-Woche
bei vollem Lohnausgleich
wurde nach langem zähem Ringen eingeführt.
Nur einer
widersetzte sich
hartnäckig
den Vergünstigungen,
die ihm dieser Tarifabschluß anbot:
Ein nichtorganisierter
Handwerker
ausländischer Herkunft.
Unbeirrbar
blieb er bei der
168-Stunden-Woche
ohne Lohnausgleich.
Und das war gut so.
Denn
wer kann sich das
ernsthaft vorstellen:
Eine 35-Stunden-Woche
für den Sohn
von Herrn G.,
den Zimmermann aus Nazareth?

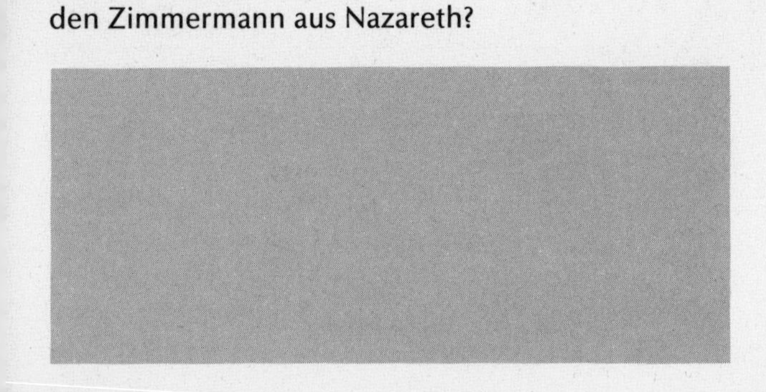

(K)ein Tip

Heiße Tips
und kalte Umschläge ...
... helfen oft
bei Schnupfen, Liebeskummer und
Börsenfieber

... helfen manchmal
bei Muskelkater, Fernweh und
verdorbenem Magen

... helfen seltener
bei Atomkraftwerken, Arbeitslosen und SDI

... helfen nie,
wenn der Egoismus zur Lebensanschauung
wird,
wenn dem eigenen Humanismus
die Puste ausgeht,
wenn der Krieg schon zu Hause beginnt.

Kein heißer Tip
und kein kalter Umschlag,
dafür aber ein lohnender Gedanke
wäre es
zu überlegen,
ob man
für die wirklich wichtigen Dinge
wie zum Beispiel

den Egoismus und die Atomkraftwerke
den eigenen Humanismus und die Arbeitslosen
den Privatkrieg zu Hause und SDI

nicht einfach
einen Spezialisten
heranziehen sollte,
nämlich
Gott.

Verraten

Herr G. ist bekümmert.

Was ist nur aus ihnen geworden?

Sie testen und testen,
als ob es nicht schon längst genug wäre,
daß sie die Möglichkeit haben,
die Welt mehrfach zu zerstören.

Und was für ein Vokabular sie haben:

- Overkillkapazität
- begrenzter atomarer Schlagabtausch
- Krieg der Sterne
- Gleichgewicht der Potentiale.

Und dabei hatte alles so gut angefangen.
Sehr gut sogar.
Damals, als sie und ihre Welt
geschaffen wurden.

Hoffentlich
merken sie
noch rechtzeitig,
daß die abermilliarden Silberlinge,
die sie in ihre
Overkillkapazität stecken,
auch eine Art
Judaslohn sind!

Wozu nur?

Also, wissen Sie,
wo Sie mich gerade so fragen,
nach Gott und so,

ich meine,
es gibt Leute, die brauchen Gott gar nicht, weil sie meinen, es gibt ihn nicht.

Und es gibt Leute, die brauchen Gott nur für Feste wie Hochzeit, Beerdigung, Heiligabend und Kindtaufe.
Schließlich zahlen sie ja Kirchensteuer.

Und es gibt Leute, die brauchen Gott nur noch in Floskeln wie »Ach, Gottchen, nee«, »oh Gott«, »um Himmels willen« undsoweiter.

Und es gibt Leute, die brauchen Gott nur für ihr schlechtes Gewissen. Schließlich muß man ja irgendjemanden für die Kriege und den Hunger auf der Welt verantwortlich machen.

Und es gibt Leute, die brauchen Gott nur in der Not, weil sie sonst keinen mehr haben, bei dem sie sich beklagen können.

Und es gibt Leute, die brauchen Gott nur für den Tod, weil sie Angst davor haben.

Also wissen Sie,
wo Sie mich gerade so fragen,
nach Gott und so,
ich glaube, bei mir ist das doch etwas anders.
Ich brauche Gott
n u r
zum Leben.
Und Sie?

Seltsam

Herr G. wundert sich. Merkwürdig, äußerst merkwürdig, dieses Verhalten.
Normalerweise sind sie ja kritisch und preisbewußt, fragen nach der Relation zwischen Preis und Leistung, achten genauestens auf die korrekte Durchführung des Auftrags.
Und wehe, da ist eine Macke oder ein Defekt, oder die Lieferung kommt zu spät, oder die Bedienung ist patzig.
Dann ist was los. Dann geht's sofort zum Geschäftsführer, oder es werden Beschwerdebriefe geschrieben, oder der Vertrag wird annulliert.
Wie gesagt: N o r m a l e r w e i s e.
Aber hier ist das ganz anders. Kein Vergleichen, keine Fragen, einfach Mit-Nehmen.
Geld ausgeben für etwas, was sie gar nicht gebrauchen.
Und trotz – zum großen Teil berechtigter – Beschwerden zahlen sie.
Nur die wenigsten stornieren den Vertrag.
Und das oft nur, weil sie sich sagen, sie hätten ja nie unterschrieben, oder für so was würden sie kein Geld zum Fenster rauswerfen.
Nun,- sie sind ehrlich.
Immerhin ist das ja auch nicht wenig, was sie zahlen.
Je nach Einkommen so zwischen 150 und 800 Mark im Jahr. Manche sogar mehr.
Dafür kann man doch schon etwas verlangen.
Dafür bekommt man auch etwas – wenn man nur will.
Doch das ist wohl der springende Punkt:
Die meisten wollen ja gar nicht!

Herr G. schüttelt den Kopf. Seltsames Völkchen, die bundesdeutschen Kirchensteuerzahler.

Tot

Der Fluß starb.
Stück für Stück.
Durch Abwässer.
Durch Chemie.
Durch Rücksichtslosigkeit.

Der Wald starb.
Stück für Stück.
Durch Abgase.
Durch sauren Regen.
Durch Gedankenlosigkeit.

Die Welt starb.
Stück für Stück.
Durch rücksichtslose Verlogenheit.
Durch gedankenlosen Fortschrittswahn.
Durch radioaktiven Fallout.

Schließlich starb Gott.
Stück für Stück.
Mit dem Fluß.
Mit dem Wald.
Mit der Welt.

Er starb noch einmal.
nur länger,
sinnloser,
endgültiger.

Ob der Mensch es d i e s m a l verstehen würde?

Es war seine letzte – allerletzte – Chance!

Denn auch der Mensch starb.
Stück für Stück.
In seiner Liebe durch seine Sattheit.
In seinem Herzen durch seine Habgier.
In seinen Gedanken durch seine
Arroganz.

Achtung

Wir sagen es oft,
beiläufig, gedankenlos, nicht ernst gemeint,
als Floskel – etwa wie: – Schönes Wetter heute?!
– Ja, ja, – so ist das Leben.
– Na, wie geht's?

Wir sagen: – Ach du lieber Gott . . .
– Mein Gott, also . . .
– Um Gottes willen!
– Gott sei Dank!
– O Gott, o Gott!
– Ach Gottchen, nee . . .

Es hat keine Bedeutung.
Wir könnten auch etwas anderes sagen –
oder auch nichts.

Er sagt es auch oft,
öfter als wir jedenfalls.
Er sagt es
nicht beiläufig, nicht gedankenlos, sehr ernst
gemeint und nicht als Floskel.

Er sagt: – Ach du lieber Mensch . . .
– Mein Mensch, also . . .
– Um Menschens willen!
– Mensch sei Dank!
– O Mensch, o Mensch!

Er sagt nicht: – Ach Menschchen, nee . . .,
denn dazu
achtet er uns Menschen viel zu hoch.

Strafe

Irrigerweise
wurde die Ausführung der Strafe
dem Falschen zugeschrieben.

Wie schon bei Tschernobyl, Sandoz und SDI
geschah es auch
bei der Diskussion um Aids.

Wo eigentlich der Begriff
»Selbstbestrafung«
am Platz gewesen wäre,
redete man nun von der
»Strafe Gottes«.

Und vergaß dabei ganz,
daß dieser
die Strafe
schon längst
auf sich genommen hatte
für den Frieden
und die Heilung
aller Menschen.

Auch jener,
die durch ihr
heil-loses Reden
vom strafenden Gott
an der Fried-losigkeit
dieser Welt
nicht unerheblich
Anteil hatten (haben?).

Alles?

Und

sie brachten die Boote

ans Land

und verließen a l l e s

und

folgten i h m nach.

Nur noch

ein Boot

schaukelte

auf der Mitte des Sees

vor sich hin.

Fest verankert.

Seitlich am Bug

stand sein Name.

Eher eine Abkürzung.

Da stand

V. E. C.

Das bedeutet:

Vereinigtes

Etabliertes

Christentum.

Am Ende

Im schönen christlichen Abendland,
am Ende der achtziger Jahre,
– es waren gerade fünfzig Jahre vergangen –

. . . da wurde das Nationalbewußtsein
der Deutschen wieder normal

. . . da brauchte sich niemand mehr der
»Gnade der späten Geburt« zu rühmen

. . . da wurde die Geschichte »aufgearbeitet«

. . . da wurden aus Dachau und Auschwitz
»menschliche Fehlleistungen«, wie es sie in der
Geschichte öfters gab. Sicher bedauerlich –
doch historisch durchaus einzureihen

. . . da wurde der Begriff »Neonazismus« so schnell
aus dem Wortschatz verbannt wie die Asylanten
aus dem Land

. . . da entstand die europäische Variante der
Apartheid. Alle waren gleich – nur die Deutschen
waren gleicher.

Im schönen christlichen Abendland,
am Ende der achtziger Jahre,
– es waren gerade fünfzig Jahre vergangen –

. . . da war es schön, wenn man schwieg
die Augen schloß
weghörte

. . . da war man christlich – dem Namen nach
auf dem Papier
in der Kartei

Da wurde es Abend
in dem Land
am Ende.

Sehr geehrte Leserin, sehr geehrter Leser!

Wie Sie schon seit einiger Zeit der bedeutendsten Publikation eines bekannten Mitarbeiters unseres Hauses entnehmen können,
bin ich für Sie persönlich,
sowie für alle kleinen und großen Störfälle
in Ihrem Leben zuständig.
Bei Rückfragen können Sie sich gerne jederzeit
an mich wenden.
Auch stehe ich für Sie immer
zu einem persönlichen Gespräch bereit.
Sie brauchen nur kurz anzurufen.

Mit (echter und sorgender) Hochachtung

bin ich Ihr

Herr G.

PS:
Bei der oben genannten Publikation handelt es sich um den Brief unseres Mitarbeiters Paulus an die Römer, Absatz 8, Zeilen 31-39.

Verzeichnis von Bibelstellen

für Leute, die gerne wissen möchten, was Herr G. im Originalton zum einen oder anderen Thema zu sagen oder zu ergänzen hat:

Titel	Text/Bibelstelle
Hallo	Johannes 3,16-17
Stillgelegt	Hebräer 10, 23-25
Keiner	Römer 3,9-18
Up to date	Lukas 9,23-25
Zu viel	Matthäus 20,26-28
Freispruch	Kolosser 2,13c+14
Betrug	1. Korinther 15,12-20
Anstand	Klagelieder 3,31-42
Wahr oder unwahr	1. Mose 2,15
Konkurs	Matthäus 7,24-27
Ratlos	Matthäus 24,42-44
In/out	Galater 2,19-20
Man sagt	Johannes 10,1-10
Mut?	Johannes 15,5
Magie	1. Korinther 8
Asyl	Psalm 90,1-17
Heilige Kühe	Matthäus 11,28-30
Streit	Matthäus 22,34-40
Warum?	1. Mose 1,26-31
Stille Nacht	Lukas 5,31-32

Titel	Text/Bibelstelle
Störfall	Kolosser 1,19-20
Am Anfang	1.Mose1,1+31;3,1-24
Problem	1. Korinther 15,57
Wider Spruch	Amos 8,4-10
Aushang	1. Petrus 5,1-4
Diensteifer	Matthäus 7, 12ff; 22, 34ff; 23, 23ff
Kritisch	Römer 12,12
Tarif	Matthäus 28,20b
(K)ein Tip	Psalm 25,1-11
Verraten	Matthäus 26,14-16
Wozu nur	Psalm 27,1
Seltsam	Matthäus 7,7-11
Tot	Lukas 23,32-46
Achtung	2. Mose 20,7
Strafe	Jesaja 53,4-5
Alles?	Lukas 5,1-11
Am Ende	Galater 6,7
Nachwort	Römer 8,31-39

Von Volker Germann ist in der EDITION COPRINT außerdem erschienen:
»Neues vom Chef der Welt«, Wuppertal 1990.